KB043357

가슴의 꽃

1판 1쇄 : 인쇄 2021년 10월 25일
1판 1쇄 : 발행 2021년 10월 28일

지은이 : 서은옥
펴낸이 : 서동영
펴낸곳 : 서영출판사

출판등록 : 2010년 11월 26일 제 (25100-2010-000011호)
주소 : 서울특별시 마포구 월드컵로 31길 62
전화 : 02-338-0117 팩스 : 02-338-7160
이메일 : sdy5608@hanmail.net

디자인 : 이원경

ISBN 979-11-92055-02-2 04810
ISBN 978-89-97180-00-4(set)

오늘의 詩選集 51

가슴의 꽃

서은옥 시집

2021·서영

서은옥 시인의 첫 시집 출간을 축하하며

서은옥 시인은 광주시 학동에서 두 딸 중 둘째딸로 태어났다.

학강 초등학교, 수피아 여자중학교, 수피아 여자고등학교를 거쳐 기독음대 피아노과를 졸업한 뒤, 유학길에 올라 미시간 주립대학교(Michigan State University)에서 피아노과를 졸업하고, 이어 미시간 주립대학교 대학원에서 피아노과 석사 학위를 받았다.

귀국 후, 몇 차례의 귀국 독주회와 다수의 Joint Recital를 갖은 바 있다. 후학을 위해 전남대, 순천대, 광주여자대, 광신대에서 피아노과 강사를 역임했다.

슬하에 1남 2녀를 두었다.

서은옥 시인은 〈문학공간〉 신인문학상 시 부문 당선으로 문단에 데뷔했으며, 이후 노계 문학상 시 부문 최우수상, 이준 열사 문학상, E마트 문학상, 빛창 문학상, 혼불 문학상, 고마노 문학상 등을 수상했으며, 미당 서정주 백일장, 빛고을 문예 백일장 등에서 수상했다.

현재, 광주문인협회 회원, 광주시인협회 회원, 한실문예 창작 회원, 꽃스런 문학회 회원, 향그런 문학회 회장으로 활약하고 있다.

자, 그럼 지금부터 피아니스트 서은옥 시인의 시 세계로 들어가 감상해 보도록 하자.

풀잎에 찬이슬 내려앉은 새벽
별이 들려준 추억
바람이 실어와
마음결에 살포시 포갠다

움츠렸던 향기
해맑은 미소로 흔들어대니
꼿발 세워 담장 기웃거리던
야윈 낭만이 지그시 손 내민다

촉촉이 스며들어
타오르는 그리움
지체할 수 없어
달궈진 노을빛 되어 설렌다

알록달록한 사연
불붙는 열정으로

물들어가더니
기어이 눈물 쏟아낸다

계절의 속울음
강물 위에 띄워 보내고
몸부림으로 파닥인다.

- [단풍] 전문

노계 문학상 최우수작이기도 한 이 시에서의 시적 화자는 단풍을 의인화하여 그 느낌을 그려내고 있다.

새벽의 찬이슬, 별이 들려준 추억, 바람까지 마음결에 포갤 때, 향기는 미소로 흔들거리고 낭만은 꽃발 세워 담장 너머 기웃거리다 손 내민다. 그때 그리움이 스며들어 타오르다 달궈진 노을빛 되어 설레인다. 한순간 불붙은 열정으로 물들어가더니, 왠지 눈물을 쏟아낸다. 이윽고 계절의 속울음 강물 위에 띄워 보내고는 몸부림으로 파닥이는 단풍, 남 같지 않다. 마치 시적 화자의 마음을 대변하고 있는 듯하다.

한때는 열정의 삶이었으나, 결국은 눈물 쏟아내는 이별을 하고, 속울음으로 몸부림치는 시적 화자의 삶과 마음이 느껴진다. 시가 포착하고 담고자 하는 세계가 바로 이 섬세한 감성이 아닐까.

겹겹 포개어진 산봉우리

운무에 둘러싸여 살포시 내민 얼굴
간지럽히는
바람결에
선잠 깬 아이마냥
바라보고 있다

흘러내리는 계곡은 기약 없이 떠난 님 그리워
가슴 깊이 묻어 둔
설렘 안고
울먹이며 달리고 있다

산모롱이에 핀 가녀린 꽃
함박웃음 웃고 있어도
마음속 한켠에는 쓸쓸함만 가득하다

햇볕에
누렇게 서 있는 언덕바지
고개 숙인 추억은 따스한 손길 기다린다

단풍나무 이파리가 여기저기 푸르름 삼키고
애써 강렬함 품어대니
보고픔의 시선으로 맞이한다.

- [가을산] 전문

미당 서정주 백일장 차하 수상작이기도 한 이 시에서의 시적 화자는 가을산이 되어 주위를 둘러보고 있다.

겹겹 포개진 산봉우리는 운무에 둘러싸여 있고, 간지럽히는 바람결에 선잠 깬 아이처럼 서 있다. 계곡은 가슴 깊이 묻어 둔 설렘 안고 울먹이며 달리고 있고, 산모롱이에 피어 있는 꽃은 쓸쓸히 마음 달래고 있다. 햇볕 누런 언덕바지에서는 추억이 고개 숙인 채 누군가를 기다리고 있다. 단풍은 여기저기 푸르름 삼키면서 애써 강렬함 내뿜고 있다. 산 전체가 미묘한 감성들로 가득 채워져 있다.

시가 만날 수 있는 관계성, 숨결, 마음결, 느낌 등이 다채롭게 숨쉬고 있다. 되도록 이미지의 선명함을 통해, 시의 특질을 드러내려 노력한 흔적이 보인다.

섬진강 흐르는 물줄기
윤슬에 반짝이고
강둑 양 옆으로 줄지어 선
날개 활짝

서로 맞잡은 손
일 년 만의 재회
젖은 그리움 굴리며

사랑으로 마주보고 서서

할 말은 너무 많은데
오직 두근거리는 마음뿐

산들산들 향기 따라
햇살에 발레하는
눈송이들

연분홍 드레스 미끄러지듯
화사하게 날아다니다
사뿐히 추억되어 사무친다.

- [벚꽃] 전문

고마노 시문학상 수상작이기도 한 이 시에서의 시적 화자는 섬진강가에 선 벚꽃과 마음을 같이한다.

윤슬이 반짝이는 강, 강둑 따라 줄지어 선 벚나무는 날개를 활짝 펴고 있다. 일 년 만의 재회를 반기는 듯 젖은 그리움 굴리면서, 맞이해 준다. 서로 할 말은 많은데, 두근거리는 마음뿐, 말없이 사랑의 눈길로만 바라본다. 그때 산들산들 향기와 햇살 따라 눈송이들이 발레하듯 내려온다. 하얀 몸짓, 눈부신 낙화, 마치 연분홍 드레스 미끄러지듯 화사하게 날아다니는 꽃잎들, 이윽고 그것들은 추억되어 사무치게 흩날린다.

시는 이렇게 사물을 미적 가치의 그릇에 담아내는 예술이다. 이성 쪽으로 자꾸 기우는, 그래서 점점 딱딱해지고 거칠어지는 감성, 이를 미적 가치의 그릇에 담아, 최대한 아름답게 최대한 우아하게 빚어내려는 장르, 이게 바로 시가 아닐까. 서은옥 시인은 그런 시의 특질을 잘 빚어내고 있다.

울분으로
허옇게 멍들어 버린 가슴

산산조각 난 조국의 운명을
간절한 독립 의지로 승화시켜
야만의 세월 깨뜨린다

따스한 입김조차도 밀어내며
절박하게 스스로를
벼랑 끝으로 내몬다

의로운 이름 하나
뜨겁게 목숨 불태워
푸른 넋이 된다.

- [이준 열사] 전문

이준 열사 문학상 장려상 수상작이기도 한 이 시에서의 시적 화자는 이준 열사에 대해 시적 형상화를 해놓고 있다.

생애 자체가 울분으로 허옇게 멍들어 버린 가슴, 산산조각 난 조국의 운명, 그 불길을 되살리려는 이준 열사, 자신의 운명을 간절한 독립 의지로 승화시켜 일제의 야욕을 깨뜨리기 위해, 스스로를 절박하게 벼랑 끝으로 내몬 애국자, 의로운 이름 하나 내걸고, 뜨겁게 자기 목숨 불태워 푸른 넋이 되고야 만 아름다운 사람, 이준 열사.

시를 읽는 것만으로도 가슴이 먹먹해지고 뜨거워진다. 이준 열사의 뜻과 염원대로, 후손들이 나라를 잘 가꾸고 이끌어 가야 하는데, 그러지 못했던 죄책감이 휘그르르 몰려오게 하는 시, 이 시 앞에서 우리는 다시 한번 애국심과 구국 의지를 점검하고 다짐하게 된다.

그리움 깔린 산자락에
산새도 잠들어 있는
고요한 여명

먼동 트려는 몸부림
소리 없이 흘러내린 고통으로
하늘을 붉게 물들인다

구름도 힘겨워
온몸에 불그레한 자국으로
아파하지만

찬란한 환희로 깨어난다

촉촉이 맺힌 이슬방울
스치는 손길로
서로를 위로하며
재촉하듯 종종걸음친다

나무들은 고개 숙여 침묵하고
잎새들은 가슴 열고
우듬지는 손 내밀어
햇살 속을 헤엄친다

밀려왔다 밀려가는 물결은
홀로 타오르는 열정처럼
설렘과 두근거림으로
새날을 맞이한다.

- [나의 아침] 전문

이 시에서의 시적 화자는 여명에 일어나 산자락에 아침이 찾아오는 정경을 바라보고 있다.

산새도 잠들어 고요한 산자락에는 그리움이 깔려 있다. 먼동이 트는 순간 그 몸부림을 느낀다. 고통은 소리 없이 흘러내린다. 그 때문에 하늘이 불그스레 물든다. 그 아픔 속에

서도 찬란한 환희가 깨어나 자리한다. 이슬은 촉촉이 스치는 손길로 서로 위로하며 종종걸음친다. 나무들은 고개 숙여 침묵하지만, 잎새들은 가슴 열고, 우듬지는 손 내밀어 햇살 속을 헤엄치는 정경이 그림 같이 펼쳐진다.

시어로 이미지를 그려놓아, 시적 화자의 내면을 대변하고 있다. 각박한 시대 현실을 견뎌내는 아름다운 정경, 아름다운 시선, 아름다운 마음이 시심을 에워싸고 있어, 정겹고 사랑스럽다. 이러한 미적 가치를 일궈내는 이미지 구현이 상큼하고 정교하다.

지는 해 떨고 있을 때
어제의 소용돌이가 깊어져
임의 모습 그리며
청아하게 노래하는 너

붉은 노을 다가오면
속절없이 그리움 안고
보고파 푸념하는 너

제 살을 내어주는
허한 소리로 온 산 흔들며
사무치는 몸부림으로
하염없이 울고 있는 너

방향 잃고
쓸쓸한 나그네 마음
헤집어 놓는 너.

- [뻐꾸기] 전문

이 시에서의 시적 화자는 뻐꾸기와 하나가 되어 내면을 토로하고 있다.

노을이 깔릴 즈음 마음이 심란한 뻐꾸기가 임을 그리며 청아하게 노래한다. 마치 너무 그리워 너무 보고 싶어 푸념하는 듯 보인다. 처절히 허한 소리로 온 산 흔들며 사무치는 몸부림으로 울고 또 운다. 방향마저 잃어 어디로 갈지도 모른 채 울고 또 운다. 그렇잖아도 허하고 쓸쓸한 나그네 마음을 사정없이 헤집어 놓는 뻐꾸기. 그런데, 단지 뻐꾸기만 그러는 게 아니라, 시적 화자가 같은 심정인 듯하다.

임이 그리워 힘들어하는 시적 화자의 내면이 생생히 이미지로 그려져 있다. 시는 이처럼 사물과 하나되어, 관계성 회복의 순간에, 서로 내밀한 대화를 나누도록 도와주는 장르가 아닐까. 외로움과 우울증을 안고 살아가는 현대인들의 유일한 돌파구가 어쩌면 이런 시가 아닐까.

수십 꽃송이
발자국과 숨소리가
한 봉오리에 어우러진

사랑 공동체

여럿이 살다 보면
속상한 일 많을 텐데도
늘 방긋방긋

아름다움 선보이려
그리움으로 뭉쳐진 꽃빛
어여쁘게 차려입고
맞이하는 우아미

보는 이의 마음
붙잡는
신비한 마력

빤히 바라보고 있노라면
어느새
환한 미소

삭막한 세상살이
웃음 잃지 말고 살라는
하늘에서 보내온 천사.

- [수국] 선문

이 시에서의 시적 화자는 수국을 인격화해서 찬양하고 있다.

수국은 수십 꽃송이의 발자국과 숨소리가 한데 어우러진 사랑 공동체라고 정의한다. 여럿이 한곳에서 살다 보면, 속상할 일도 많을 텐데, 수국은 아름다움, 우아미, 그리움으로 뭉쳐진 꽃빛, 신비한 마력, 환한 미소와 웃음 등을 결코 잃지 않는 것으로 봐서, 천사임에 틀림없다. 수국을 찬양하는 예찬 시 중에서도 최고다. 수국을 이처럼 어여쁘게 대접했으니, 이번에는 수국이 시적 화자에게 보답할 차례다.

아무래도 평생 외롭지 않고 허전하지 않고 쓸쓸하지 않도록 섬세한 감성, 풍요로운 느낌, 우아한 사색 등을 수국이 시를 통해 제공해 줄 것이라 믿는다. 독자들이 시를 사랑하면, 시는 그만큼 사랑을 베푸니까. 기대할 만하다.

땀과 때로 찌든 인연
한곳에 모여
언제나 빗나간
당신의 기대와 나의 망상이
어색함 굴리며 앉아 있다

더 늦기 전에
서로에게 다가서려는
씩씩한 찬가가 목청 높이며

요란하게 쏟아진다

엉클어지고 굳은 마음
피어오르는 거품에
가슴 부여잡고 몸부림친다

한참 동안
흘러나오는 눈물의 소리
왁자하게 들린다

축축이 젖은 몸
빠르게 돌아가며
흔들어대니

맑게 씻긴 미소
햇살과 마주하자
새롭게 태어난 듯
기뻐 춤춘다.

- [세탁] 전문

이 시에서의 시적 화자는 세탁이라는 감성을 만나 대화를 나눈다.

땀과 때로 찌든 인연일지라도 한곳에서 만나 기대와 망상이 어색함을 굴리는 때가 있다. 더 늦기 전에 서로에게 다가가려는 조바심, 씩씩한 찬가가 목청 높인다. 엉클어진 마음, 굳은 마음이 피어오르는 거품에 가슴 부여잡고 몸부림치기도 해보지만, 흘러나오는 건 왁자한 눈물 소리뿐이다. 축축이 젖은 몸이 안쓰럽다. 그래도 빠르게 돌아가며 흔들어댄다. 이윽고 맑게 씻긴 미소가 햇살과 마주한다. 그때서야 새롭게 태어난 듯 기뻐 춤추는 저 감성, 그나마 다행이다. 인생도 그렇다. 인연도 만남도 그렇다. 마치 세탁과 같은 과정을 수십 번 거친다.

어쩜 시는 이런 정화 역할을 하는 건 아닐까. 아니, 개개인의 감성뿐만 아니라, 온 세상의 모든 현상과 인연과 감성의 순화, 정화의 일을 하는 건 아닐까. 그걸 포착해내는 시적 화자, 시인은 이 세상에서 가장 숭고한 작업을 하는 것이다.

그리움의 심장을
따갑게 쪼아대는 오후
보고파 아른거리던 날 디디고 서서
머나먼 길 날아온 내 아들

달이 차고 손톱 끝 그믐달이 이울어
흐르는 세월 아쉬워하며
모인 기쁨의 아우성
캄캄한 밤 네온사인마냥 찬란하다

거센 바람 불어올 때
덜컹거린 추억 나누며
안도의 웃음 짓는다

속 깊이 감춰 둔 그림
간절함으로 그려 가며
기다리던 발자취

시간의 빠름 보여주듯
어느새 쑥쑥 자라 거목 되어
무성하다

보고만 있어도 행복한 시간
멈추게 할 수 없음이 안타까워
곁에 있을 때 맘껏 누리고 싶다

새처럼 날아와 즐거움 가득
주고 떠난 자욱마다
사랑이 뚝뚝 흘러넘친다.

- [만남] 전문

이 시에서의 시적 화자는 타국에서 귀국한 아들을 만나 행복해 하고 있다.

그리움의 심장을 햇볕이 따갑게 쪼아대는 오후, 귀국한 아들을 맞이하는 시적 화자, 달이 차고 손톱 끝 그믐달이 이울어, 흐르는 세월 속에서 아쉬움이 많지만, 이렇게라도 만나니 기쁘기 그지없다. 저절로 기쁨의 아우성, 행복의 아우성이 터져 나와 밤 네온사인처럼 찬란히 빛난다. 오랜만에 추억을 나누며 안도의 웃음을 짓다가, 간절함과 애틋함의 감성을 꺼내어 나누다가, 발자취도 더듬어 보다가, 어느 순간 훌쩍 커 버린 아들, 이미 거목이 되어 버린 아들을 바라보며 흐뭇해한다. 보고만 있어도 행복하고 뿌듯하다. 아들이 다시 타국으로 떠나기 전에 조금이라도 더 곁에 있고 싶고, 따스한 마음 나누고 싶고, 즐거움 주고 싶다.

아들과 엄마 사이에 따스이 흐르는 사랑의 감성을 듬뿍 느끼게 하는 시. 이런 시를 쓰는 서은옥 시인의 심성이 참 여리고 순수하고 어여쁘다.

칠흑 같은 밤
기다린 님의 발소리
바람에 찰랑이는 달빛처럼
들릴 듯 들리지 않고
외로움 촉촉이 적신다

바람에 날리는 은행잎
사뿐사뿐 내려앉아

님 오실 길
노랗게 물들인다

어제보다 깊어진
보고픔의 무게 저울질하며
창가에 하얀 입김 불어
손가락으로
님의 모습 그렸다
지우고 또 그린다

세찬 바람
흔들어대는 창틀로
기웃거리는 보고픔
가슴속 깊이 파고들자

지쳐 오는 몸
소파에 의지한 채
추억 휘감는다

문 열고 들어오는 님의 향기
어렴풋이 아른거리는 듯
반가워 눈꺼풀 들어올리니

님의 모습 보이지 않고
초침의 울부짖음만
고요 깨우고 있다.

- [그리움] 전문

이 시에서의 시적 화자는 깊은 밤에도 깨어 있다.

님의 발소리를 기다리며, 외로움에 젖어 있다. 바람에 날리는 은행잎들은 사뿐사뿐 내려앉아 길을 노랗게 물들이건만, 창가에 하얀 입김 불어 손가락으로 님의 모습 그려 보건만, 세찬 바람에 창틀만 흔들거릴 뿐, 보고픔만 더욱 깊이 가슴속으로 파고들 뿐, 님은 오지 않는다. 지쳐 오는 몸은 소파에 의지한 채 추억을 자꾸 휘감고 있고, 초침의 울부짖음만 고요 깨우고 있다.

적막 속에서 고통스러워하는 시적 화자의 그리움이 내려다보인다. 이렇듯 여러 감각 이미지를 동원하여, 시적 화자의 내면을 다채롭게 그려내는 시인이 우리 곁에 있어, 행복하다. 이런 시인들 때문에, 이 세상은 보다 아름답게 보다 우아하게 빚어질 테니까.

울음의 심장 낭자하게 파헤친
부의 횡포
그 불합리를 보며
울분으로 멍들어 버린 가슴

산산조각 난 운명 부둥켜안고
깊은 시름 속에서 파르르 떨더라도
내일을 위해 일어선다

모두가 외면해 외로운 길
바로잡아야 하기에
길 끊긴 벼랑 위에서 허공으로
길을 낸다

침묵 흔들어 깨우기 위해
절벽 끝에서
구출되길 바란다

밑바닥에 나뒹군 자
평범하게 인정받고
하는 일이 보람된 일이 되길 원한다

평등한 인간들이 '서로 간의 사랑'으로
참된 기쁨 맛보며 살아가는 세상
너무나도 절절히 소원한다
둥근 하루가 반으로 접혀 휘청거리기 전에

품속에 고이 간직하고 다니던 말

'누구를 위한 법이고 누구를 위해 존재하는 법인가'
하소연하듯 울부짖는다

법이 있어도 지켜지지 않는 사회 앞에
위선을 발가벗겨 놓고
처절히 폭로하고 공격하고 싶다

얼음처럼 굳어 버린 착취에서
벗어나기 위해
불안한 앞날을 보상하기 위해
오직 그만이 그 희생 어린 불꽃 피운다.

- [전태일의 바람] 전문

이 시에서의 시적 화자는 전태일의 내면을 그리고 있다. 부의 횡포, 불합리, 조각난 운명, 깊은 시름, 길 끊긴 벼랑, 침묵, 절벽, 밑바닥, 휘청거림, 불평등, 불법, 불의, 위선, 착취, 불안한 나날 등에서 벗어나고자, 외로운 길을 걸어나가, 허공에 길을 내는 전태일 열사, 지극히 평등한 사회를 만들기 위해, 참된 기쁨 맛보며 살아가는 세상을 위해, 평범하게 인정받고 사는 그런 사회를 위해, 그 희생 어린 불꽃을 피워갔던 전태일 열사, 그의 영혼을 위로하고 기리고 예찬하는 시, 이 시는 전태일 열사의 죽음이 헛되지 않기를 간절히 바라고 있다. 어둠 속에서 방향을 제시하고, 나아갈 언덕에 깃

발을 꽂아 주는 역할을 바로 시가 해주어야 한다고 강조하고 있는 듯하다.

이처럼 사회 현실의 문제점을 외면하지 않고, 치열한 현실 인식과 역사의식을 갖는 시적 화자가 은근히 부럽다. 독자들의 안이한 세계관을 호되게 질타하는 듯하다.

꽃에
얼굴들이 보인다

얼마나 보고 싶었으면
원숭이를 꽃 속에 그려놨을까

얼마나 좋아했으면
고양이를 꽃 위에 올려놨을까

사자가 먹잇감 찾다가
놓치고 화가 났나

귀여운 곰돌이가
장난기 어린 눈을 깜박거리나

벌레가 바람 따라
귓속을 간지럽히고 있나

바람이 불어오면
넘어질까 어깨동무하고

이쪽으로 기울면
즐거워 싱글벙글

저쪽으로 쓰러지면
그네 타는 듯 깔깔깔깔

꽃단지에 모여든 개구쟁이들
서로 으스대며 뽐낸다.

- [팬지] 전문

이 시에서의 시적 화자는 팬지꽃 속에서 여러 얼굴들을 만난다.

원숭이, 고양이, 화난 사자, 장난기 많은 곰돌이, 귓속에 들어온 벌레, 바람 불어올 땐 어깨동무하고 기울어질 땐 즐거워 싱글벙글거리다, 그네 타는 듯 깔깔거리고, 서로 으스대며 뽐내는 꽃단지 개구쟁이들. 팬지꽃을 유심히 관찰하고 있는 시적 화자의 눈길이 싱그럽다.

사물을 동심의 시각으로 바라보면서, 그려내는 시적 형상화의 세계는 이처럼 다채로워 보기 좋다. 시 속에서 이런 다양한 정서, 느낌, 감성, 상상을 만날 수 있다는 건 행복한 일이 아닐 수 없다. 시는 바로 그런 세계를 제공해 주고 있는 고맙고 멋진 장르다.

지금까지 서은옥 시인의 시 세계를 탐구해 보았다. 시의 특질은 우선 미적 가치를 추구한다. 시는 인간의 거친 감성, 굴곡진 감정 등을 순화하거나 정화시키는 역할을 해야 한다. 그러기 위해서는 선명한 이미지 구현이 필요하다.

여러 감각적 이미지들과 공감각을 동원하며, 보다 구체적이고 산뜻한 이미지로 바꿔, 무수한 감정의 세계를 그려내야 한다. 되도록 새로운 해석을 통해, 보다 신선하고도 상큼하게 시적 형상화를 해야 한다. 그러는 과정에 사용하는 시어들이 보다 절제되고 보다 함축적이어야 한다. 너무 어려운 시어, 전문어, 한자보다는 우리 일상에서 만나는 친숙한 시어들로 낯설게 하기를 해야 한다. 그러면서도, 인간의 삶 속에 흐르는 감동을 이끌어 내야 한다. 그게 등줄기를 흐르는 전율이라면 더욱 좋은 평점을 받을 것이다. 이왕이면, 리듬도 살려서 이끌어가는 게 독자의 품에 친근하게 안길 수 있다.

간혹 여러 표현기법들도 활용하여, 긴장감과 의미의 깊이에 촉매제 역할을 한다면 금상첨화일 것이다. 이런 시적 특질을 두루 구비하고 있는 서은옥 시인의 시들은 앞으로 독자들의 사랑을 듬뿍 받을 것 같은 예감이 든다.

앞으로 제2, 제3 시집을 펴내면서, 더욱 세련되고 더욱 감동적인 시들을 써 가리라 믿는다. 의무감에서가 아니라, 그냥 즐기듯 시 창작을 하면서 여생을 아름답게 가꿔 가기를 소망한다.

우리 인생에 시가 있으니, 덜 외롭고 덜 지루할 것이다. 인생의 좋은 동반자로서 우리 곁에 시가 있으니, 그 얼마나 행복하고 다행한 일인가. 시와 함께 가자. 시와 함께 여생을 즐기고, 삶을 개척해 나가자.

다시 한 번 더 서은옥 시인의 시집 발간을 향긋이 축하 드린다. 늘 행복하길, 늘 순수하길 바란다.

– 가을로 성큼 들어선 아침을 차향과 함께 맞이하면서

한실문예창작 지도 교수 박덕은 작가

(문학박사, 전전남대학교 교수, 문학평론가, 시인, 소설가, 동화작가, 화가)

작가의 말

파란 물감을 뿌려 놓은 듯한 하늘 위로 뭉게구름이 벙실벙실 피어오른다.

짱짱한 햇살에 시원한 바람까지 불어오는 이 결실의 계절.

첫 시집을 낼 수 있도록 인도하신 주님께 먼저 감사와 영광을 올려 드린다.

음악을 좋아해서 여러 악기는 다뤄 보았지만, 시 창작은 전혀 관심이 없던 생소한 분야였다. 늦은 나이에 지인이 소개한 시 창작을 막상 시작하려니 앞이 캄캄했다. 하지만 '뜻이 있는 곳에 길이 있다'는 말만 믿고 창피함 무릅쓰고 도전했던 날이 엊그제 같다.

옆에서 지인들이 시집을 낼 때마다 마냥 부러웠다. 그 시집을 나도 낼 수 있게 되어 감개무량하다.

마음을 그린 시의 한 구절 한 구절을 꺼내놓는 시인들과 정서를 교감할 수 있어 행복하다. 부족한 나로서는 그 교감이 큰 영광이고 기쁨이다.

우보천리(牛步千里)의 심정으로 시와 더불어 생의 마지막까지 함께하고 싶다.

부족한 나를 따스한 권면으로 이끌어 주고 한 권의 시집이 나오기까지 수고를 아끼지 않은 한실문예창작 지도 교수 박덕은 문학 박사님께 진심으로 감사를 드린다.

저 천국에서 지켜보고 계실 아버님께, 그리고 삶의 어려운 여정 중에서도 기도로 잘 길러 주신 어머님께 감사의 큰 절을 올린다.

물심양면으로 힘이 되어 준 남편과 잘 자라준 아들과 두 딸에게 고마움의 박수를 보낸다.

이 아름답고 풍요로운 가을, 잊지 못할 추억의 날에
— 시인 서은옥

祝詩

시인 서은옥

박덕은

하늘에서는
가느다랗고 연약한 줄이
오히려 존경받는다

하루는 그 줄이
지상에 다다라
둥지를 틀었다

보금자리에서는
선율과 음률이 손잡고
나비 같은 춤을 췄다

그때
하늘과 대지가
물안개랑 어우러져
꿈송이를 키웠다

꽤나 긴 시간이
피아노 건반 위에서
미적 가치를 다듬었고

돌아온 산야에서
부푼 사랑과 낭만을
기르고 살찌웠다

어느 날
곧추세운 시심이
텃발에 눌러앉아
노래를 부르기 시작했다

기도의 중심에 모인
의미 방울이
한 편 한 편 써낸 시들

이제는
가을 광장에 모여
높다란 하늘의 뜻을
쏘아 올리고 있고

연일 함박웃음이
치마폭에 뒹굴며
미래의 행복을
싱그럽게 일구고 있다.

차 례

2장 — 잊혀진 향기

3장 — 그리움에 젖은 그 눈빛

제1장

몸살 앓고 피어난 보고픔

봄비

하염없이
울고 있어
덩달아 흐르는 눈물

베란다 두드리는 소리에
창문 빠끔히 열자
보고픔 몰고 와
안기는 빗방울들

슬며시 찾아온 설렘
목마른 가지에
촉촉이 젖어든 사랑

누렇게 시들어가던 솔잎
님 목소리 들으려고
파릇파릇 곧추세우고 있다

메말랐던 실개천

흐르는 그리움 만나
반가워 재잘재잘

맥없이 누워 있던 들풀들
간지럽히는 추억처럼
기지개 켜며 일어나
옷 갈아입을 준비한다.

동백꽃 · 1

겨우내 살갗 에던
바람 잠재우자
햇살 물고 나온 설렘
살랑살랑 간질인다

홀로 앉아
봄기운으로
해산하는 시간

움츠린 그리움
이윽고
붉은 사랑 터뜨린다

눈맞춤으로
활짝 웃고 있는 모습에
지나던 발걸음들이
좀처럼 움직일 줄 모른다

갑자기 몰아치는 추위에
시려 오는 마디마디
방향 잃은 떨림까지도
삼켜 버린 채

열정도
다 내려놓고서
사랑받던 그 순간이 행복했다며
통꽃으로 진다.

동백꽃·2

곧 터질 듯
꼭 다물고 있는 입술
하얀 솜이 닿으니 움찔한다

시린 겨울 내내
보고픔 참다 참다
눈물로 꽃망울 툭 터뜨린다

물에 젖은 그 눈빛으로
가슴에 타오르는
그리움 억누른 채

하루가 지나고
또다시 해가 솟아올라도
기다림의 가쁜 숨결
좀처럼 멈추지 않는다

비바람이 온몸 적시고

거센 눈보라가 앞길 막아도
나래 편 노랫소리로
다가올 님 그리다

바람에 꽃잎 한 장
날려 보내지 않은 채
늠름하게 떨어져 내려
붉은 울음 안고 울고 있다.

동백꽃·3

겨울비
흠뻑 젖은 꽃봉오리
한기 느끼며 떨고 있다

눈먼 자의 지저귐
따갑게 쪼아대도
눈시울 훔치며 침묵한다

계절 잃은 무관심 속에
뒤틀린 몸살 앓고
피어난 추억

얼어붙은 눈물 핥으며
잊혀진 향기
떠오르는 듯

칼바람 불어와도
봄은 울타리 가까이
와 있다.

뻐꾸기

지는 해 떨고 있을 때
어제의 소용돌이가 깊어져
임의 모습 그리며
청아하게 노래하는 너

붉은 노을 다가오면
속절없이 그리움 안고
보고파 푸념하는 너

제 살을 내어주는
허한 소리로 온 산 흔들며
사무치는 몸부림으로
하염없이 울고 있는 너

방향 잃고
쓸쓸한 나그네 마음
헤집어 놓는 너.

석류

텅 빈 가슴속 설렘 하나
잉걸불처럼 뜨겁게 지펴 놓고
숨죽여 속삭인다

영혼의 불붙는 열정으로
어두운 골방에 자리한
추억 한 송이

피어오르는 그리움 품고
겨우내 몸부림치며
익어가는 사랑

하늘 바라보며
산고 이겨내는 듯
고즈넉이 고개 숙인다

온 힘 다해 힘껏 밀어내니
몸뚱이 찢어지는 소리

쓰라린 맛 안고

살며시 내보인
보석 같은 눈망울
가을 향기로 눈부시다.

무지개

산과 들 지나
정처 없이 흐르다

쫑알대며 함께 가다 가도
운명의 시샘 앞에
다시 만난 날 기약 못하고
제 갈 길 간다

예기치 않는 위기
수천 리 벼랑 끝으로
곤두박질치는 순간

추락하다 내리쳐진
온몸 밑바닥에 부서져 내려
아우성 소리
짓밟힌 바람

다 지나고 나니

탁한 생각은 흘러가 버리고
어느덧 두려움도 사라져
하얀 마음 되어

시퍼런 세상
신비하리만큼
영롱한 아름다움으로
펼쳐 놓은 다리.

안개

어스름한 산마루
하얀 띠 둘러 주니
새근새근 잠잔다

열정 뿜어내어
산자락 스쳐 지나가다
잠 깨워 부스스한 얼굴 씻어준다

계곡으로 내려와
푸르른 나뭇가지에 걸터앉아
노란 꽃향에 젖어 들다가

바쁘게 떠나는 일행 따라
떠나기 싫은 발걸음 끌려가듯
서서히 사라진다.

백목련

달도 별도
깊은 잠에 빠진 듯
캄캄한 새벽길

하얀 불 밝히고
서 있다

껍질 깨고 나온
병아리 같은 흰 부리로
하늘 향해 기도하며

비록 짧은 시간이라도
어두운 세상
등불 되어

터벅거리는 발걸음
넘어지지 않도록.

수국

수십 꽃송이
발자국과 숨소리가
한 봉오리에 어우러진
사랑 공동체

여럿이 살다 보면
속상한 일 많을 텐데도
늘 방긋방긋

아름다움 선보이려
그리움으로 뭉쳐진 꽃빛
어여쁘게 차려입고
맞이하는 우아미

보는 이의 마음
붙잡는
신비한 마력

빤히 바라보고 있노라면
어느새
환한 미소

삭막한 세상살이
웃음 잃지 말고 살라는
하늘에서 보내온 천사.

복사꽃

밝은 햇살 아래
고운
연분홍 얼굴

길 가다
눈길 마주치자
멈춰 버린 발걸음

더이상
움직일 수 없어
빤히 쳐다본다

부끄러운 마음
들켜버린 듯
벌겋게 달아오르고

속눈썹까지도
덩달아 불그레

어쩔 줄 모른다

첫사랑 만난
처녀의 들뜸같이
쿵쾅거리는 심장 소리

설레는 가슴에도
메아리 되어
울려 온다.

벚꽃

섬진강 흐르는 물줄기
윤슬에 반짝이고
강둑 양 옆으로 줄지어 선
날개 활짝

서로 맞잡은 손
일 년 만의 재회
젖은 그리움 굴리며

사랑으로 마주보고 서서
할 말은 너무 많은데
오직 두근거리는 가슴뿐

산들산들 향기 따라
햇살에 발레하는
눈송이들

연분홍 드레스 미끄러지듯

화사하게 날아다니다

사뿐히 추억되어 사무친다.

추월산

넓게 펼친 산자락
고개 들어 보니
아스라히 펼쳐진 산봉우리

장엄하게 서 있는 바위
뻗어간 산줄기는
위엄 있어 보인다

윤슬 찬란한
저 너른 호수에
영혼까지 퐁당 빠뜨린 듯

그리움의 잔물결이
마음속 깊숙이
밀려온다

하늘 품고 있는
저 호숫물 속에

추억을 숨겨 놓은 듯

눈부신 햇살 속에
님의 모습
아지랑이처럼 아른아른.

노송

강가 쳇바퀴 돌 듯
출렁이는 물결에
깎이고 깎여
하얀 속살 드러내고 있다

몸뚱이나마
더 지탱해 보려고
발버둥치다가 뒤틀린다

비바람과 눈보라
이기지 못하고
바닥에 덩그러니 누워
가쁜 호흡만 몰아쉬고 있다

묵묵히 슬픈 사연
고스란히 품속에 간직한 채
발가락을 더 깊이 깊이 뻗고 있다.

눈

잿빛 구름 아래
찬 기운이 나폴나폴 날아와
온몸 휘감는다

보들보들한 자락
사뿐히 펼쳐 놓고
함께 걸어가는 길

사무친 그리움
구구절절 쏟아내고 싶지만
한마디도 못한 채

시리도록 밟고 가며
새기는 추억 자국들
가쁜 숨결로 가득차 있다.

은행나무

해가 바뀔 때마다
듬직한 몸매로 성숙해 가며
쭉쭉 뻗은 가지
가슴판에 나이 새겨간다

수호신처럼 버티고 서서
드러내지 않는 겸손함
감정 흔들릴 때마다
보는 것만으로도 위로가 된다

삼백 년을 살아도
변함없는 가을의 향취
한껏 안아 주는
이파리의 정겨움

가지에 매달려
아등바등하다가
패자마냥

힘없이 바람에 지고 만다

아쉬운 이별의 순간
한 잎 한 잎 떠나보내니
목메어도
애써 속울음 삼키고 있다.

늦가을

바람이 오다가다
향기 뜯어낼 때
오랑캐꽃의 설움인 듯
말없이 드러낸 속살
문풍지처럼 운다

싸늘한 밤
갈 곳 없는 나그네
여기저기 쉴 곳 찾아
밟으며 귀 맑게 연다

우듬지 사이
둥근 둥지 차려 놓고
풋풋한 소리
그 맛이 그윽하다

멀리서 툭 툭
밤송이 대굴대굴

소리치며 바닥에 부딪혀
살포시 풀숲에 숨는다.

냉이

파발 한켠
차지하고
겸연쩍게 바라보는 눈길

데려온 적 없지만
이맘때쯤이면
많이 그리운 모습

그 달콤한 향기
온몸에
퍼지는 듯하다

추워지는 날씨
어떻게 견디려고
벌써 나왔을까

걱정엔
아랑곳하지 않고

바짝 엎드리고 있다

세상에 밟히지 않고
청순하게 흐르는 정기
엷은 입술 끝에 맴돈다.

낙엽

세찬 바람결
낚아채듯 떨어져
사뿐히 내려와
앉는다

아쉬운 이별 앞에
지나온 나날들
뒤돌아보니

고운 향기 푸르던 시절
젖어드는 그리움
눈앞에 아른거린다

달빛 아래
눈물로 쌓은 사연
맑게 씻어 내어
강물에 띄워 보내고

사랑으로 맺어 온
하얀 마음만
깊이 간직한 채
서성이고 있다.

등대

바다 위에
펼쳐진 붉디붉은 노을
스르르 눈감으면

어스름 길게 드러눕고
하얀 옷 입은 수호천사
늠름히 서서
눈 깜박이며 길 안내한다

파고드는 외로움
흔들어대도
졸음 눈꺼풀 무거워도
길고 긴 침묵으로
지켜온 자리

폭풍의 거센 파도
허리 휘감아 꺾을 듯 매달려도
아랑곳하지 않고

사랑의 빛 내보낸다

방향 잃고 떠내려가던
배 한 척
깜박이는 빛줄기 보고
길 찾아 돌아온다.

바다

뭉게구름 떠 있는 하늘
날아가는 갈매기도
파랗게 물든다

수평선엔
윤슬이 살랑대다
바람에 자맥질한다

하얀 포말 입에 물고 왔다
끼억 끼억 토해내고는
사랑 끌고 달리는 파도

철썩 철썩
처연히 흔들리는
저 그리움

꼬깃꼬깃 감춰 둔
추억 꺼내 물고

몸부림치다가

갯바위에 걸터앉아
부서지는 마음 자락 추스르며
하나씩 지워 간다

순백의 옷깃 여미며
침묵 속에 피워낸
가슴의 꽃

쏟아지는 은빛 햇발
영혼의 평안으로
포근히 감싸 안는다.

억새

수줍은 듯 고개 숙인
고귀한 자태

갈바람 숨결 따라
좌우로
앞뒤로
사그락사그락 흔든다

기약 없이 떠난 님
바람이라도 타고
오길 바랬는데
모습은 보이지 않고
허공에 그리움만 맴돈다

심술궂은 높바람
세차게 불어대도
고운 매무새 흩뜨리지 않고
추억 물고

설렘 한 자락 껴안는다

부풀어 오르는 마음
살며시 내려놓고
침묵으로 간직한 기다림
일렁이는 은빛 물결
쓰다듬는다.

제2장

잊혀진 향기

그리움

칠흑 같은 밤
기다린 님의 발소리
바람에 찰랑이는 달빛처럼
들릴 듯 들리지 않고
외로움 촉촉이 적신다

바람에 날리는 은행잎
사뿐사뿐 내려앉아
님 오실 길
노랗게 물들인다

어제보다 깊어진
보고픔의 무게 저울질하며
창가에 하얀 입김 불어
손가락으로
님의 모습 그렸다
지우고 또 그린다

세찬 바람
흔들어대는 창틀로
기웃거리는 보고픔
가슴속 깊이 파고들자

지쳐 오는 몸
소파에 의지한 채
추억 휘감는다

문 열고 들어오는 님의 향기
어렴풋이 아른거리는 듯
반가워 눈꺼풀 들어올리니

님의 모습 보이지 않고
초침의 울부짖음만
고요 깨우고 있다.

이준 열사

울분으로
허옇게 멍들어 버린 가슴

산산조각 난 조국의 운명을
간절한 독립 의지로 승화시켜
야만의 세월 깨뜨린다

따스한 입김조차도 밀어내며
절박하게 스스로를
벼랑 끝으로 내몬다

의로운 이름 하나
뜨겁게 목숨 불태워
푸른 넋이 된다.

해바라기

키 세 뼘인 아이들
서로 속삭이다가 미소 지으며
눈과 마주치자
펭귄마냥 기우뚱기우뚱
좌우로 걸으며 다가와
까르륵 까르륵

고개 들어 저편을 보니
세 배나 키 큰 언니들
화가 난 햇살이
열기 품어 토해내니
어쩔 술 몰라 하너니
고개 숙여 훌쩍훌쩍

그중에서도
키 작은 동생들
내리쬐는 햇별 보며
장난기 어린 윙크
날려 보낸다 히죽히죽.

가을산

겹겹 포개어진 산봉우리
운무에 둘러싸여 살포시 내민 얼굴
간지럽히는
바람결에
선잠 깬 아이마냥
바라보고 있다

흘러내리는 계곡은
기약 없이 떠난 님 그리워
가슴 깊이 묻어 둔 설렘 안고
울먹이며 달리고 있다

산모롱이에 핀 가녀린 꽃
함박웃음 웃고 있어도
마음속 한켠에는 쓸쓸함만 가득하다

햇볕에 누렇게 서 있는 언덕바지
고개 숙인 추억은

따스한 손길 기다린다

단풍나무 이파리가 여기저기 푸르름 삼키고
애써 강렬함 품어대니
보고픔의 시선으로 맞이한다.

만남

그리움의 심장을
따갑게 쪼아대는 오후
보고파 아른거리던 날 디디고 서서
머나먼 길 날아온 내 아들

달이 차고 손톱 끝 그믐달이 이울어
흐르는 세월 아쉬워하며
모인 기쁨의 아우성
캄캄한 밤 네온사인마냥 찬란하다

거센 바람 불어올 때
덜컹거린 추억 나누며
안도의 웃음 짓는다

속 깊이 감춰 둔 그림
간절함으로 그려 가며
기다리던 발자취

시간의 빠름 보여주듯
어느새 쑥쑥 자라 거목되어
무성하다

보고만 있어도 행복한 시간
멈추게 할 수 없음이 안타까워
곁에 있을 때 맘껏 누리고 싶다

새처럼 날아와 즐거움 가득
주고 떠난 자욱마다
사랑이 뚝뚝 흘러넘친다.

아빠 생각

추억의 길 거닐다
잊혀지지 않아
시린 세월 한 토막
눈앞에 아른거린다

허기져
차라리 푸르던 시절
포근한 햇살 품고
하늘 날아다니는 새

해맑은 미소로 받아주던
그 사랑 뒤편에
숨겨둔 얼룩진 사연

휘청거린 발걸음으로
철부지들 불러모아
마음속에 묻어둔 상흔

아빠 잃은 슬픔
감추지 못한 채 글썽이며
긴 한숨
창가에 매달아 놓았다

어찌할 줄 모르고
눈 깜박거리며 쳐다보다
어느새 볼에 그어진
두 줄기 회한
자꾸 주먹으로 훔쳐낸다.

아들을 보내며

총알마냥 빠르게 달리는 시간
원망스럽기만 한
두 주간의 격리
휴가의 반 토막이나 앗아갔다

짧았기에 더 소중했던 나날들
즐거운 추억 가슴에 안은 채
짐 꾸리는 내내
옆에 두고픈 마음뿐

더 주고 싶은 모정
한사코 뿌리치는 아들의 심성
엇갈리지만
서로를 읽기에 행복하다

공항에 도착하여
점심과 커피로 아쉬움 달래자니
일 분 일 초라도 손에 더 쥐고 싶다

떠나야 할 순간
어김없이 찾아와 기다리니
뒤돌아보며 걷는 발걸음
천근만근 떨어지지 않는다

집에 돌아와 방문 열자
쓸쓸한 기운에 울고 있는 텅 빈 방
어느새 아른거리는 그리움 삼키며
웃음으로 만날 날 또 기다리리.

나의 바닷가

뿌옇게 구름 덮인
하늘과 바다
경계선 잃고서

산모롱이 맞닿은 중턱에
스멀스멀 피어오른
안개비

님 그리는 마음
꿈틀거리다
보고픔으로 젖어든다

아스라이 보이는
바위섬
물 위에 둥둥 떠다니다

첨벙첨벙
다가올 듯 말 듯

갑자기 시야가 흐려진다

심술로 요동치니
물안개는 서둘러
떠날 채비하고

빙 둘러선 나뭇가지들
서로의 상흔 부둥켜안고
흔들거린다

추억 몰고 오는 물줄기
한바탕 쏟아놓고서
유유히 떠나간다.

나비 사랑

그늘 없는 땡볕 아래
바쁜 손놀림 멈추지 못하자
여기저기 미끄럼 타고 내려오는
이슬방울들

보랏빛 배초향*에 취해
시간 가는 줄 모르고
꽃향 가득 안고 내려와
너울너울 춤춘다

촉촉이 두 눈의 교차로에
마음과 마음 나누는 소리
뿌려진 내음에 달려드는
나비 한 마리

사랑의 마음
가슴에 깊이 간직하고
힘겨운 어깨에 사뿐히 내려앉아

그리움으로 자꾸 부벼댄다

떠날 줄 모르는
향기 모두 전해 주고
뽀얀 살결 어루만진다

심술궂은 비바람 파고드니
아쉬운 이별 앞에 눈물 떨구며
내일을 기약하는
외로운 저 날갯짓.

---

* 배초향 : 방앗잎, 방앳잎과 같은 이름

집중 호우

시야 분간하기조차
힘들게
마구 쏟아지는 장대비

산야 휘젓고 내려오는
분노의 소리에
웅크린 긴장의 끈

왜 그리 화가 났나
무얼 찾아
저리 급히 달리나

산등선 따라
몰고 온 재앙
죄다 토해낸다

순식간에 아수라장 되어
여기저기 들리는

한숨 소리 아우성 소리

뒤범벅된 거리
잃어버린 일터
이별의 아픔

정신줄 놓고
말없이 하늘만 쳐다보는
무리들

찬란히 솟아오른 태양이
시름 씻어주며
사랑의 온기로
다독여 주고 있다.

지금의 나

바람 따라 물결 따라
중심 잃은 채
흔들린다

마음 가는 대로
따라가다 보면
부딪히는 말

이 길은
너른 길이니
좁은 길로 가라

풍성한 사랑으로
품어 주는 게
좋다는 걸 깨닫는 순간

움켜쥔 손
아직도 남아 있는

상흔자락 밟고 일어선다

잊지 못한
지난날의 추억 속에
밀려오는 숨결

가슴 깊이
묻어둔 향기 되어
모락모락 피어오른다

이제는 그 무엇보다
하늘의 뜻 믿고
조용히 기다린다.

선물

세월은 발걸음 재촉하며
흘러만 가는데
가슴에 깊숙이 묻어둔
그리움 하나 잊지 못한다

뒷산에서
뻐꾸기 청아하게 울 때마다
속세 등지고 떠나던 뒷모습
자꾸 눈에 아른거린다

뜻밖에 날아온 노란 상자
두근거림으로 조심스레
그 정성 열어 본다

손수 채취해
말린 고사리와 취나물
봄향 가득 담아
연둣빛 사연 피워낸다

소중한 손편지에
절절히 그려놓은 사랑
외로움 배인 추억이
눈 앞을 가린다.

장맛비 바라보며

비 내리는 아침
창 두드리는 소리
임이 부르는 듯

반가이 창문 열어젖히니
맑은 새벽 공기만 날아와
온몸 감싸고 돈다

속절없이 내리는 빗줄기는
그리움 가득 머금고
흐느낀다

추억 담긴 사연
방울방울 매달아
안아 주고 싶다

보고픔으로
붉고 까맣게 얼룩진

이 가슴 보여줄 수 있다면
좋으련만

세찬 비바람에도
꿋꿋이 서 있는 저 가로등처럼
흠뻑 젖으며
등불 밝히는 아픔 있더라도

오늘도
아린 기다림으로
묵묵히 견뎌야겠지.

등불

퉁퉁 부어오른 어둠으로
온 세상 가득 숨죽인 한숨
몸부림치며 절박함 흩날리며
떨린 손길만 파닥거린다

가슴 속 더듬을 때마다
울컥울컥 솟구치는 분노에
바람은 맨발로 뛰쳐나가다
소용돌이친다

한을 온몸으로 품고
험난한 눈보라 속 헤치며
걸어간 외로운 발자국

눈이 붓도록 운 밤의 흔적 안고
강하고 곧은 절개
꺼져 가는 세월 앞에서
피맺힌 횃불 든다

피눈물도 마다않고
짐승들처럼 처절히 무너져도
계절의 시작
그 올바른 정신 위해

여명을 부르듯 손짓하며
차마 돌아올 수 없는
먼 길 묵묵히 걷는다.

전태일의 바람

울음의 심장 낭자하게 파헤친
부의 횡포
그 불합리를 보며
울분으로 멍들어 버린 가슴

산산조각 난 운명 부둥켜안고
깊은 시름 속에서 파르르 떨더라도
내일을 위해 일어선다

모두가 외면해 외로운 길
바로잡아야 하기에
길 끊긴 벼랑 위에서 허공으로
길을 낸다

침묵 흔들어 깨우기 위해
절벽 끝에서
구출되길 바란다

밑바닥에 나뒹군 자
평범하게 인정받고
하는 일이 보람된 일이 되길 원한다

평등한 인간들이 '서로 간의 사랑'으로
참된 기쁨 맛보며 살아가는 세상
너무나도 절절히 소원한다
둥근 하루가 반으로 접혀 휘청거리기 전에

품속에 고이 간직하고 다니던 말
'누구를 위한 법이고 누구를 위해 존재하는 법인가'
하소연하듯 울부짖는다

법이 있어도 지켜지지 않는 사회 앞에
위선을 발가벗겨 놓고
처절히 폭로하고 공격하고 싶다

얼음처럼 굳어 버린 착취에서
벗어나기 위해
불안한 앞날을 보상하기 위해
오직 그만이 그 희생 어린 불꽃 피운다.

독도 단상

수천 년 전 화산이 부서져 내려
이루어낸 걸작품
동도와 서도

파란 하늘에 하얀 물감 풀어놓은 듯
에메랄드빛 바다 물결과 어우러져
우뚝 서 있다

억겁의 밤과 아침 지나는 동안
시간의 기억은 특이한 암석 위에
역사를 아로새겨 놓았다

늘 눈 치켜들고 지키고 있는 촛대바위
우람히 버티고 서 있는 군암바위
밤새껏 문밖 서성이는 장군바위

새벽 깨우는
괭이갈매기의 울음소리

빛바랜 추억 안고
안전과 평화 위해
오늘도 노래하고 있다

태풍의 거센 파도 한꺼번에 몰려와
걷잡을 수 없이 몸부림치는 비명들
그 속에서도 결박된 고요는
더 한층 강해진다

난류에 끌려다니다 온 철새들
황조롱이, 노란부리백로는
돌아갈 수 없은 사연 녹여내며 흐느낀다

향기 몰고 다니는 해풍에
파닥거리는 날갯짓
그리움 찾아
세대와 세대를 이어간다

척박한 환경에 살고 있는
갯메꽃과 괭이밥
사명인 양 어두운 숲속 환하게 밝히며
활짝 웃고 있다.

오월 장미

청아한 하늘 아래
티 없이 맑은 소녀
하얀 드레스 입은 채
다소곳이 미소 머금고 있다

단장한 신부처럼
지나는 걸음 멈추게 하는
보드라운 살결

담장에 걸터앉아 손짓하며
마음 사로잡는 열정인 양
살포시 끌어들인다

저마다 색색이 옷 입고
삐쭉이 고개 내밀고서
그리운 님
애타게 기다리고 있다

화려한 그 향기
꽃잎 하나 하나에 묻어 두어
세월 지나도 변함없는 사랑

가시가 있어
함부로 할 수 없는
저 의연한 자태

흔들리는 바람에도
끊어질 듯 끊어지지 않는
저 매력의 소유자.

환청

분수처럼 흩어지며 내려오는
햇살의 소리

구름이 걸어가며 사이좋게
재잘거리는 소리

먹이 찾아다니다 힘 빠진 새
툭 우듬지에 주저앉은 소리

꽃향기에 취해 입맞춤하며
급하게 쪼아대는 소리

아픔 견디는 꽃잎
울먹이며 뱉어내는 소리

선잠 깬 새싹
기지개 켜며 하품하는 소리

농부 손아귀에 잡힌 잡초
내동댕이치자 항거하는 소리

지렁이 기어 나와 얼굴 내밀다가
꿈틀꿈틀 들어가는 소리

옆에서 잠자던 굼벵이
꼼지락이며 구시렁거리는 소리.

코로나19

그늘 안고 찾아온
반갑지 않는 불청객

온 세계 흔들어
공포에 휩싸이게 한 바이러스

어디에 숨어 있는지도 모른 채
서로를 경계하니
삭막한 분위기에 가슴 아려온다

길거리에서 스치는 이웃
인사 없이 무표정한 낯으로
발걸음 재촉하기에 바쁘다

마스크 하나로 버텨 가는
인간의 나약한 모습

반 이상 가려진 민낯

안경에 뿜어 올라오는 입김으로
말하기조차 힘들다

급속히 얼어붙은 경제난
무너지는 서민들, 그 아우성
긴 한숨 소리만 귓가에 쟁쟁하다

언제쯤이면 떠나갈까
기다려도 이어지는 숫자들뿐
수일 내에 그 끝이 보이길 기대해 본다.

첫사랑

얼마나
기다렸나
이 따스한 봄날

앙상한 가지에
파릇한 추억
기지개 켠다

행여나 만날까
살포시 실눈 뜨고
꽃망울 내민다

지나가는 시선에
그리운 눈길 마주하니
저절로 불그스레

피할 수 없는 눈망울
외면해 보지만

여전히 콩닥콩닥

그래도
한 번만 더 한 번만 더
줄곧 멈춰 있는 초점

그만 들켜 버린 마음
부끄러워 도망치고 싶지만
도무지 떨어지지 않는 이 발길.

팬지

꽃에
얼굴들이 보인다

얼마나 보고 싶었으면
원숭이를 꽃 속에 그려 놨을까

얼마나 좋아했으면
고양이를 꽃 위에 올려 놨을까

사자가 먹잇감 찾다가
놓치고 화가 났나

귀여운 곰돌이가
장난기 어린 눈을 깜박거리나

벌레가 바람 따라
귓속을 간지럽히고 있나

바람이 불어오면
넘어질까 어깨동무하고

이쪽으로 기울면
즐거워 싱글벙글

저쪽으로 쓰러지면
그네 타는 듯 깔깔깔깔

꽃단지에 모여든 개구쟁이들
서로 으스대며 뽐낸다.

취준생 딸

사회의 첫 문
여기저기 기웃거린다

찾아 헤매다
맥없이 주저앉는다

갈수록 높아지고
갈수록 좁아지는 문

대신 찾아간 알바
흘러가는 세월
붙잡으니 뿌듯하다

매서운 눈치와 멈추지 않는 발길에
일주일도 버티지 못하고
온몸이 불덩어리

하루 일당보다

훨씬 비싼 링거 값 치르니
눈알이 튀어나올 것 같다

오늘따라
숨 고를 틈 없는 손길에
삭신은 욱신욱신

가물거리는 등불처럼
축 처진 다리는
흔들흔들.

용서

아물지 않는 그리움
출렁이는 물결처럼
요동하며 파고드니
달아오른 영혼의 숨결로
시간의 흔적 토해낸다

잊혀지지 않는 추억
바닷속 깊이 묻어두고
바람 소리 녹여
멀어져 간 발자국 붙잡는다

지워지지 않는 아픔
층층이 쌓여 갈 때
되새김질하듯
꿈틀대는 상흔 자락
마음으로 다독인다

내려앉은 고요 속에

가슴 아려오는 회오리 일면
흐트러진 사랑 말아 올려
포개진 시선 주워 담는다.

제3장

그리움에 젖은 그 눈빛

여물봉 단상

찌푸렸던 모습 사라지고
파란 하늘 흰구름 반가워
창문 여니

기다렸다는 듯 달려와
품에 안겨 시원함 선물한
가을바람

그 맛
더 실감하고 싶어
찾아간 마을 뒷산

길 양쪽에
녹색 카펫 깔아 놓은 듯
푹신푹신한 잔디밭

산새들 각자의 악기로
곤충들 크고 작은 소리로

화음 만들고

딱따구리 목탁 두드림으로
음악의 진가 보여주는
산속의 합주회 열고 있다

고추잠자리 가족 몰고 와
꼬리까지 들고 흥겹게
빙글빙글 리듬에 맞춰 춤추고 있다.

강변 거닐며

새들도 잠들어
고요 깃든 산자락
여명이 살포시 고개 내민다

하늘과 산 경계선 가리고
물안개 사랑에 빠져
깨어나지 못하는 산봉우리

창문 열자 시원한 바람
쏜살같이 들어와
온몸에 흐른다

맑은 기운에 떠밀려
시골길 걷는 발자욱 소리
추억의 내음마냥 정겹기만 하다

오솔길 위에 펼쳐진
그 어둠 속 헤집고 나온 초록 이파리

아우성처럼 기지개 켠다

우거진 숲 내리막길에 자리한 강
푸른 낙엽의 눈물 담아
속절없이 흐르고 있다

우뚝 선 출렁다리
걸음걸음 흔들릴 때마다
피곤이 손잡고 웃음 짓는다.

용추계곡에서

눈물 그친 하늘 미소
한결 시원해진 바람 타고
뽀송뽀송

설렘 품은 친구들
반가움에 수다 떨며
숲속 고요 베어 먹는다

세상 다 가진 듯 지저귀며
날아다니는 산새
청아하다

오르막 내리막에 솟아오르는
가쁜 숨 거칠고
뒤틀린 마음 토해낸다

계곡 소리 선명히 귓전 때리자
젖은 마음 개운해지고

막힌 가슴마저 뻥 뚫린다

고즈넉이 앉아 있는 바위
틈으로 흘러내리는
물줄기 붙잡아 담그고

산들산들
이파리 올려보니
하늘 향해 쭉쭉 뻗은 가지들
그늘막 되고 있다.

세탁

땀과 때로 찌든 인연
한곳에 모여
언제나 빗나간
당신의 기대와 나의 망상이
어색함 굴리며 앉아 있다

더 늦기 전에
서로에게 다가서려는
씩씩한 찬가가 목청 높이며
요란하게 쏟아진다

엉클어지고 굳은 마음
피어오르는 거품에
가슴 부여잡고 몸부림친다

한참 동안
흘러나오는 눈물의 소리
왁자하게 들린다

축축이 젖은 몸
빠르게 돌아가며
흔들어대니

맑게 씻긴 미소
햇살과 마주하자
새롭게 태어난 듯
기뻐 춤춘다.

얼굴

철없던 어린 시절
아물지 않는
추억 하나 꺼낸다

무섭게 다가와
가슴에 불 지피는
호령 소리

설움 견디다 못해
흐르는
저 묵언의 눈물

잔잔한 고요로
살갑게
다독여 준다

그 사랑 안고 자라나
수줍게 걸어가는

그리움

시간의 흐름 속에
강물처럼 주름진
그 모습

지금은
가르침의 울타리 되어
날 지켜 주는 수호신.

가장 특별한 날

화사한 모습 사랑스레
아름다움 자랑하던 꽃
세월 앞에 마음 부산하다

컴퓨터와 마주앉아
고이 간직한 기억의 사진첩 열어
잊지 못할 그날 되새긴다

'석사 학위 위한 피아노 독주회'
관중석에는 심사하실 교수님 다섯 분과
몇십 명의 학교 친구들, 그리고 외부인들

적은 관객이 무색할 정도로
연주 끝나자 들려오는 박수갈채에
미소로 무대를 걸어 나오던
바로 그 순간

생애 가장 기쁜 날이었다고

말할 수 있을 만큼
정말 창공을 날아오를 듯했다

다가온 지도 교수님
Very Good! Very Nice!
평소 칭찬에 인색한 분의 한마디라서
너무 감격해 눈물이 주루룩.

커피향

코끝 간질이는
오월의 창가
마주하고 앉아

아침 깨문
속삭임과
고요로 입맞춤하고

창틀 넘어오는 햇살에
사랑의 마음
살포시 포갠다

휘어진 추억 꺾어
가슴속에 담아
황홀한 미소로 피워내고

정열의 눈길로
다독다독
행복의 문 연다.

가을의 끝자락

어느새 무르익은 계절
산천을 캔버스 삼아
마구 붓을 휘두른다

단풍 가득 담은 풍경화
베란다 유리창에 걸려
바람 소리에 설렌다

풀벌레 소리
떠나는 날 아쉬워하듯
쓸쓸한 그림자만 서성거린다

나부끼던 나뭇잎
깃털처럼 힘없이 춤추고
땅바닥에 닿자 마구 나뒹군다

홀로 떠나온 처절함
어디로 가야 하는지
그리움 가득 안고 침묵한다.

나의 아침

그리움 깔린 산자락에
산새도 잠들어 있는
고요한 여명

먼동 트려는 몸부림
소리 없이 흘러내린 고통으로
하늘을 붉게 물들인다

구름도 힘겨워
온몸에 불그레한 자국으로
아파하지만
찬란한 환희로 깨어난다

촉촉이 맺힌 이슬방울
스치는 손길로
서로를 위로하며
재촉하듯 종종걸음친다

나무들은 고개 숙여 침묵하고
잎새들은 가슴 열고
우듬지는 손 내밀어
햇살 속을 헤엄친다

밀려왔다 밀려가는 물결은
홀로 타오르는 열정처럼
설렘과 두근거림으로
새날을 맞이한다.

외로움

휘어진 가지의 목마름
아무렇지도 않은 척
견뎌낸다

남몰래 찾아온 불청객
친친 감아 오르며
닿는 곳마다 조여 간다

소리치며 애원해도
들어주는 이 없어
눈물로 참아내는 나날

고드름 떨어지듯
툭툭
힘없이 동강난다

숨 막히는 비명소리에
무너져 가는 가슴

지울 수 없는 상흔자락

밤이면 문풍지 찬바람에
이불 뒤집어쓰고
떨리는 추억 잠재우려다

하염없이 쏟아지는 별빛
베갯잇 위에 내려놓고
그리움의 시간 털어낸다.

1차 동학농민운동

무섭게 불어오는 바람
여명의 하늘 가슴에 품은 채
횃불 높이 들었다

관료들의 극심한 횡포에
내동댕이쳐진 농민들의 삶
쉼 없는 흐느적거림에 허리 펼 수도
편하게 서 있을 수도 없었다

먹을 것조차 넉넉지 못하니
한숨과 눈물로
회오리바람 돌려보내며
새 세상 꿈꾸었다

더욱더 옥죄어 오는 노동 착취
하소연하며 울부짖었지만
외면하고 돌아서는
저 서러움

뼈아픈 고뇌 헤아려 주기는커녕
외세와 손잡고 집안 공격하다
가세 기울어지는 줄도 몰랐다

빗물에 흥건히 잠긴 이삭 세워 놓고
극도로 울분한 무리 힘 모아
벌떼처럼 거세게 일어났다

억울함에 눌려 살던 농민들
퍼붓는 장대비 같은 정세에 맞서
희망의 등불 들고 밀려가는 소리
쌓아둔 식량 창고 털었다.

녹두장군

잿빛 하늘 구름 덮어
어두운 그림자
밀려오던 때

맘속 깊은 상처
흙탕물에 빠져
허우적거린다

짧고도 멀기만 한
슬픈 여정의 길
한 치 앞도 모른 채

오직 한마음으로
의젓이 걸어가는
저 발길

빗살의 흔적 되뇌이며
어찌 황량한 세상

비켜 가랴

풍랑의 시간
과녁 향해 달려가지만
강한 무기 앞에
꿈꾼 날들
바닥에 나뒹군다

백산과 죽산 이룬
지도자의 우렁찬 목소리
아직도 여전히
귓가에 맴돌고 있다.

봄 오는 길목

진종일 세차게
쏟아내던 빗줄기
봄맞이하려고
말끔히 씻어 놓았나

어린아이 마음처럼
맑고 순수한 하늘

바람도 밀어낸 채
겨우내 시달렸던 사랑
애무하고 있는
저 따스한 햇살들

촉촉한 기운 헤집고
고개 내밀며 꿈틀꿈틀

대지에 쭉 뻗고
누워 있는 냉이

곧추세워 꽃 피운다

우뚝 서 있는
벚나무 가지에
촘촘히 매달려 실눈 뜨는
저 보고픔의 망울들.

폐차

햇빛도 숨어 버린 늦은 오후
세찬 바람에 옷깃 여민 채
혼자 남겨두고 돌아선 발길

17년 긴 세월의 발자국
생애 끝까지 지켜 주지 못해 안타깝고
네 마지막 모습
오래도록 기억에 남기고 싶어

걷다가 뒤 돌아보니
흔들흔들 흐느끼는 듯
떠나는 발목 자꾸 붙잡아
좀처럼 발길 떨어지지 않는다

다시는 만날 수 없고
더이상 함께할 수 없기에
깊숙이 감추어진 그리움
가슴속으로 파고들어

속울음 재촉한다

다행히 새 주인 만나면 좋으련만
만약 너의 몸 갈기갈기 찢겨 나간다면
이 아픈 마음 무엇으로 위로 받을까

널 두고 온 게 잘못이었나 봐
이렇게 쓰리고 아프니 말이야
미리 알았더라면
절대 널 그냥 두고 오질 않았을 거야.

제주도민의 눈물

제주 너른 바다
화려한 동백꽃도
생기 잃고 빛바랜 채
고개 떨구고 있다

주인 잃은 돌담마저
눈물 마를 틈 없이
촉촉이 이끼 보듬고
속울음 삼키고 있다

일제 탄압에
자존심마저 잃어버린 도민들
요새 짓는다고
맘껏 부려먹더니

그것도 모자라
재산까지 빼앗아 가니
아픈 허리마저 펴질 못했다

기다리고 기다리던
해방의 기쁨
온 나라 들썩들썩
새 나라 새 세상
꿈꾸었다

환희와 희망도 잠시
미군정 통치하에
절망적인 삶
다시 허우적거렸다.

눈 기다리며

흰구름으로 덮인 하늘
아스라이 보이는 산마저
운무에 휘감겨 있다

하얀 눈 되어
이 땅에 내려오면
얼마나 좋을까

보기만 해도
신비에 끌린 듯
기분 들뜨겠지

나뭇가지에
소복소복 내려앉으면
화려하겠지

길가에
푹신한 카펫 깔린 듯

밟을 때마다
빠드득 빠드득

강추위 습격해 와
돌처럼 굳어 버리기 전까진
신비롭겠지.

겨울 문턱

강한 바람과
차가운 눈발에도
변치 않는
소나무 푸르름
온 산 빼곡하다

벼랑 끝에 서서
하얀 테 두른 뿌리
쓰러질 듯
아슬아슬 떨며
솔향기 피워낸다

산기슭과
언덕배기에
하얀 이부자락 흩어지듯
희끗희끗

어젯밤 눈보라에

목메어 흐느끼다
숨죽이고 흐르는 강물
햇볕에 흔들흔들

쓸쓸한 물소리
그리워하는 가슴
끌어안은 채
향긋이 물든다.

단풍

풀잎에 찬이슬 내려앉은 새벽
별이 들려준 추억
바람이 실어와
마음결에 살포시 포갠다

움츠렸던 향기
해맑은 미소로 흔들어대니
꿋발 세워 담장 기웃거리던
야윈 낭만이 지그시 손 내민다

촉촉이 스며들어
타오르는 그리움
지체할 수 없어
달궈진 노을빛 되어 설렌다

알록달록한 사연
불붙는 열정으로
물들어가더니

기어이 눈물 쏟아낸다

계절의 속울음
강물 위에 띄워 보내고
몸부림으로 파닥인다.

모터보트

에메랄드빛 바다
사랑의 눈길로
손짓하며 부른다

시원한 바람 타고
고래 등에 업힌다

피어오른 하얀 열정
힘에 겨운지
자꾸 토해낸다

파도와 마주칠 때마다
롤러코스터 타는 양
무자맥질한다

깊숙이 고개 숙였다 들어올리면
온 힘 다해
남김없이 뿜어낸다

흠뻑 젖었지만
환호성이 솟구쳐
등 뒤 하늘로 날아간다

더 힘차게 헤엄치는 모습
피곤 떨쳐내고
행복한 웃음 안겨 준다.

바닷가 단상

뿌옇게 구름 덮인
하늘과 바다
경계선이 없다

아스라이 먼 곳엔
물 위에 떠 있는
바위섬

비에
흠뻑 젖어
울고 있다

산모롱이 중턱엔
스멀스멀 피어오른
안개비

아른거리는 설렘
홀로 맞이하며

그리움 다독다독

바람 매질에 요동치며
부풀어 오른 파도에
일렁이는 저 신음 소리

빙 둘러선 솔숲은
잊지 못할 추억 새기며
고즈넉이 서 있다.

폐차장

수많은 사연 안고
가지런히 누운 노후
나무판처럼 층층이 쌓여 있다

한쪽에는
토끼 같은 눈길 마주하며
무언가 갈구하듯
안타깝게 바라보고 있다

비나 눈이 올 때면
도리도리하던 기능마저
세 시 방향 향하다 그만 멈춰 있고

아직 열정이 넘친데도
가슴의 충격으로 찾아와
성성한 부위 요구한 자
주라고 한다

여태 살아 있는 장기 남아 있어
다른 생명 살릴 수 있기에
헌신의 마음 놓고 떠난다

중년에 필요한 부위 위해
출생 연도와 가문 찾아 헤매다
발견되면

이식하여 튼튼해진 몸
행복한 미소 머금고
건강하고 멋지게 달려간다.

우리집 농장

맑은 개울이
따스한 햇살 등에 싣고
재잘재잘

남겨두고 왔던 그리움
초롱초롱한 추억의 눈망울로
가는 곳마다 따라다닌다

고이 묻어 둔 양파
토끼처럼 귀 쫑긋이 세우고
까꿍 첫선 보인다

혈색 안 좋은 쪽파
시련 잘 이겨내고
토실토실한 아이마냥 웃는다

여기저기 포근히 누워 있는 냉이
바구니에 듬뿍 담으니

봄향기로 들썩들썩

빨강 상추, 파랑 상추
풀 속에 들어앉아
고개 갸우뚱갸우뚱

작년에 데려온 두 살배기 홍매화
예쁘게 화장하고
진분홍 옷 차려입고
부끄러워 수줍은 미소 짓는다.

허수아비

따갑게 쪼아대는 햇살에
밀짚모자 삐딱하게 눌러쓰고
들판에 홀로 서서
비틀비틀

몰래 훔치려
달려든 참새떼
휘젓는 팔 몽둥이에
소스라치게 놀라 도망친다

흰 저고리 붉은빛으로
물들 때까지
두 팔 벌려 씩씩거리는
홍조 띤 얼굴

바람이 부나 비가 오나
묵묵히
맡겨진 일 잘 감당하는
그대.

사랑의 미소

눈앞에 다가올 때까지
눈에 좋은 것에
푹 빠져 있었네

머언 발치에서
기다리며
눈감고 고개를 돌렸네

마음 빼앗겼던 것에서
외면 당했을 때
드디어 깨달았네

자신을 버려서
생명 살리는
고귀한 그 열정을.

가을

비 온 후
상큼한 바람
한 계절 밀어내고
성큼성큼 다가온다

햇살 가득 안고
빛나는 모습으로
마음에 수놓은 채

약속도 없이
가슴 안에 들어온 당신
사랑의 그림자처럼
붉게 물들여 놓는다

대롱대롱 대추알
수줍은 아가씨마냥
볼그레 기다리는 손길

코스모스 흔들릴 때면
실개천 곁에 자리한
밤나무 툭툭 소리치며
뛰어나오는 알밤

귀또리 울음소리
외로운 길목에 서서
하얀 내일 꿈꾼다.

한실 문예창작 문우들의 작품집

오늘의 詩選集 Series

오늘의 詩選集 제1권

화장을 지우며
강만순 지음 / 144면

오늘의 詩選集 제2권

또 한 번 스무 살이 되고 싶은 밤
김숙희 지음 / 160면

오늘의 詩選集 제3권

사랑의 빈자리 될까 봐
박완규 지음 / 144면

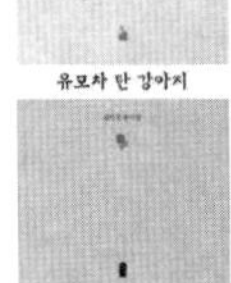

오늘의 詩選集 제4권

유모차 탄 강아지
김미경 지음 / 112면

오늘의 詩選集 제5권

이 환장할 봄날에
신점식 지음 / 176면

오늘의 詩選集 제6권

작아지고 싶다
주경희 지음 / 176면

오늘의 詩選集 제7권

가을은 어디나 빈자리가 없다
전금희 지음 / 176면

오늘의 詩選集 제8권

쓸쓸함에 대하여
이후남 지음 / 176면

오늘의 詩選集 제9권

바람이 열어 놓은 꽃잎
문재규 지음 / 220면

오늘의 詩選集 제10권

단 한 번 사랑으로도
이호근 지음 / 176면

오늘의 詩選集 제11권

할 말은 가득해도
최승벽 지음 / 176면

오늘의 詩選集 제12권

비밀 일기
박봉은 지음 / 176면

오늘의 詩選集 제13권

꽃만 봐도 서러운 그날
한실 문예창작 동인지 제8집

오늘의 詩選集 제14권

마냥 좋기만 한 그대
최기숙 지음 / 176면

오늘의 詩選集 제15권

풀꽃향 당신
김영순 지음 / 176면

오늘의 詩選集 제16권

유리인형
박봉은 지음 / 176면

오늘의 詩選集 제17권

보고픔이 자라고 자라서
한실 문예창작 동인지 제9집

오늘의 詩選集 제18권

첫사랑
김부배 지음 / 176면

오늘의 詩選集 제19권

나는 매일 밤 바람과 함께 사라진다
박덕은 지음 / 240면

오늘의 詩選集 제20권

오늘도 걷는다
유양업 지음 / 176면

오늘의 詩選集 제21권

내 사람 될 때까지
전춘순 지음 / 176면

오늘의 詩選集 제22권

처음 사랑
한실 문예창작 동인지 제10집

오늘의 詩選集 제23권

당신에게·둘
박봉은 지음 / 176면

오늘의 詩選集 제24권

그 누가 다녀간 것일까
전금희 지음 / 206면

오늘의 詩選集 제25권

한 잔 술에 가둘 수 없어
이후남 지음 / 164면

오늘의 詩選集 제26권

그리움 머문 자리
이인환 지음 / 176면

오늘의 詩選集 제27권

사랑의 콩깍지
김부배 지음 / 176면

오늘의 詩選集 제28권

사랑은 시가 되어
최길숙 지음 / 176면

오늘의 詩選集 제29권

그리움이라서
이수진 지음 / 176면

오늘의 詩選集 제30권

그리움 헤아리다
배종숙 지음 / 176면

오늘의 詩選集 제31권

아직 끝나지 않은 이야기
장현권 지음 / 176면

오늘의 詩選集 제32권

마냥 좋아서
한실 문예창작 동인지 제11집

오늘의 詩選集 제33권

그리움의 언덕에 서다
김부배 지음 / 176면

오늘의 詩選集 제34권

사찰이 시를 읊다
이수진 지음 / 176면

오늘의 詩選集 제35권

그대는 나의 누구인가
한실 문예창작 동인지 제12집

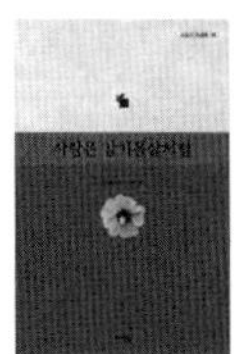

오늘의 詩選集 제36권

사랑은 감기몸살처럼
박봉은 지음 / 176면

오늘의 詩選集 제37권

그때는 몰랐어요
정주이 지음 / 176면

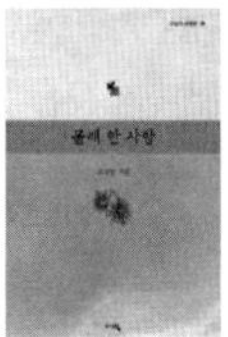

오늘의 詩選集 제38권

몰래 한 사랑
조정일 지음 / 192면

오늘의 詩選集 제39권

여백의 미학
한실 문예창작 동인지 제13집

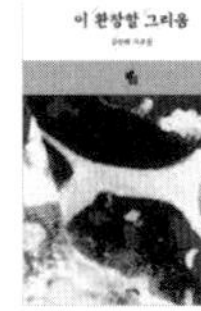

오늘의 詩選集 제40권

이 환장할 그리움
김부배 지음 / 164면

오늘의 詩選集 제41권

지금도 기다릴까
유양업 지음 / 166면

오늘의 詩選集 제42권

사랑하기까지
한실 문예창작 동인지 제14집

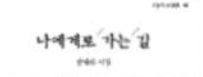
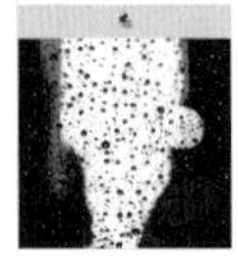

오늘의 詩選集 제43권

나에게로 가는 길
전예라 지음 / 176면

오늘의 詩選集 제44권

지금 여기에
이양자 지음 / 184면

오늘의 詩選集 제45권

또 하나의 나
이명순 지음 / 176면

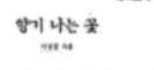

오늘의 詩選集 제46권

향기 나는 꽃
서정필 지음 / 192면

오늘의 詩選集 제47권

그리움의 향기

한실 문예창작 동인지 제16집

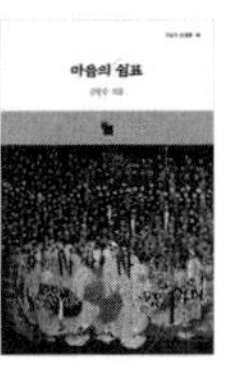

오늘의 詩選集 제48권

마음의 쉼표

김방순 지음 / 176면

오늘의 詩選集 제49권

그리움의 시간

강덕순 지음 / 176면

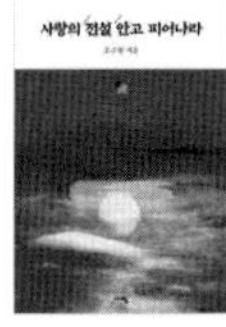

오늘의 詩選集 제50권

사랑의 전설 안고 피어나라

조규칠 지음 / 168면

오늘의 詩選集 제51권

가슴의 꽃

서은옥 지음 / 176면

오늘의 詩選集 제52권

노을의 여백

류광열 지음 / 144면

한실 문예창작 동인지

한실 문예창작 동인지 제1집
『한꿈』

한실 문예창작 동인지 제2집
『한꿈』

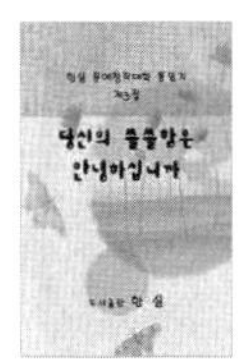

한실 문예창작 동인지 제3집
『당신의 쓸쓸함은 안녕하십니까』

한실 문예창작 동인지 제4집
『목련은 흔들리고 있다』

한실 문예창작 동인지 제5집
『그래도 한쪽 가슴은 행복합니다』

한실 문예창작 동인지 제6집
『좋은 걸 어떡해』

한실 문예창작 동인지 제7집
『아직도 사랑인가 봐』

한실 문예창작 동인지 제8집
『꽃만 봐도 서러운 그날』

한실 문예창작 동인지 제9집
『보고픔이 자라고 자라서』

한실 문예창작 동인지 제10집
『처음 사랑』

한실 문예창작 동인지 제11집
『마냥 좋아서』

한실 문예창작 동인지 제12집
『그대는 나의 누구인가』

한실 문예창작 동인지 제13집
『여백의 미학』

한실 문예창작 동인지 제14집
『사랑하기까지』

한실 문예창작 동인지 제15집
『시의 집을 짓다』

한실 문예창작 동인지 제16집
『그리움의 향기』

오늘의 수필집 Series

오늘의 수필집 제1권

그곳 봄은 맛있었다
최세환 지음 / 288면

오늘의 수필집 제2권

바람 따라 구름 따라 별빛 따라
유양업 지음 / 288면

오늘의 수필집 제3권

행복한 여정
유양업 지음 / 304면

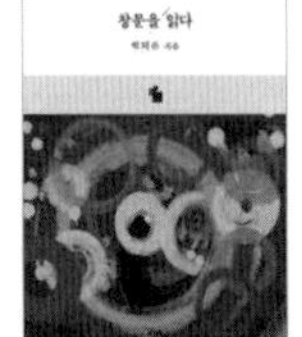

오늘의 수필집 제4권

창문을 읽다
박덕은 지음 / 164면